dtv

Eine Mutter sorgt sich um ihren kleinen Sohn, der stumm bleibt. Eines Tages klettert der Nachbarsjunge in ihren Garten. Zwischen den Kindern entwickelt sich eine intensive Freundschaft. Zudem deutet sich zwischen der Mutter und dem Vater des Nachbarsjungen eine zarte Liebesgeschichte an, in der es jedoch unvorhergesehene Hindernisse gibt … Einen Funken Hoffnung verspürt auch eine Sardin, deren tristes Leben aufleuchtet, als sie mitanhört, wie ein Geschäftspartner sie bewundernd mit einem Kunstwerk vergleicht. Auf der Suche nach dieser Skulptur bricht sie nach Rom auf.
Einfühlsam und melancholisch erzählt Milena Agus von der Bürde des Lebens, der Zerbrechlichkeit des Glücks und der Sehnsucht nach Liebe. In zwei Essays, die dem Band beigefügt sind, lotet sie in sehr persönlicher Weise den Raum aus, in dem sich der Zauber ihrer sparsamen Geschichten entfaltet.

Milena Agus wurde 1959 in Genua als Kind sardischer Eltern geboren. Heute lebt sie in Cagliari auf Sardinien, wo sie Italienisch und Geschichte unterrichtet. Ihre Romane ›Die Frau im Mond‹ (2007), ›Die Flügel meines Vaters‹ (2008) und ›Die Gräfin der Lüfte‹ (2010) waren internationale Bestsellererfolge. Zuletzt erschien der Roman ›Die Welt auf dem Kopf‹ (2013).

Milena Agus

Magie der Leidenschaft

Ein Lesebuch

Aus dem Italienischen
von Monika Köpfer

Mit einem Nachwort
von Maike Albath

Deutscher Taschenbuch Verlag

Von Milena Agus
sind im Deutschen Taschenbuch Verlag erschienen:
Die Frau im Mond (13736)
Solange der Haifisch schläft (13774)
Die Flügel meines Vaters (13912)
Die Gräfin der Lüfte (14027)
Die Welt auf dem Kopf (28013)

**Ausführliche Informationen über
unsere Autoren und Bücher
finden Sie auf unserer Website
www.dtv.de**

MIX
Papier aus verantwortungsvollen Quellen
FSC® C019821

2015 Deutscher Taschenbuch Verlag GmbH & Co. KG,
München

Umschlagkonzept: Balk & Brumshagen
Umschlaggestaltung: Wildes Blut, Atelier für Gestaltung,
Stephanie Weischer unter Verwendung eines Fotos
von Arcangel Images/Miguel Sobreira
Druck und Bindung: Druckerei C.H.Beck, Nördlingen
Gedruckt auf säurefreiem, chlorfrei gebleichtem Papier
Printed in Germany · ISBN 978-3-423-14392-9

INHALT

DER NACHBAR

Als sie eines Tages wieder einmal mit ihrem Kleinen von einem Spaziergang zurückkehrte, begegnete sie dem Nachbarn zum ersten Mal. Wie schön er ist, dachte sie. Und von da an traf sie ihn immer wieder, stets zur gleichen Zeit. Jedes Mal blieb sie mit dem Buggy stehen und starrte ihn unverhohlen an. Doch er nahm keine Notiz von ihnen, selbst wenn außer ihnen niemand auf der Straße war.

Er wohnte im Haus jenseits der Mauer, und wann immer sie mit dem Kind spazieren ging, lenkte sie ihre Schritte dort vorbei. Dann folgte sie den steilen Gässchen zwischen den Häusermauern, bis sie mit dem Kinderwagen in das flirrende Sonnenlicht des Terrapieno eintauchte, so heißt im Volksmund die Viale Regina Elena, eine von jahrhundertealten Pinien eingefasste Allee, von der aus man auf ganz Cagliari blickt. Dort setzte sie sich mit dem Kleinen unter eine Palme, und zwar genau oberhalb von ihrem heruntergekommenen Mietshaus, in ihren Augen das hässlichste, aber auch das schönste des Viertels. Das schönste, weil sein von einer Mauer geschützter Garten, der eigentlich zum Nachbarhaus gehörte, mit all seinen kreuz und quer wachsenden Pflanzen wie ein kunstvoll gewobener Teppich unter ihrem Balkon im ersten Stock lag und so dafür sorgte, dass sie sich oft an der frischen Luft aufhielt.

Das Haus des Nachbarn blieb auch vom Terrapieno aus ein Geheimnis, denn es war ganz hinter den Baumwipfeln verborgen. Und an den wenigen Stellen, an denen das Blätterdach etwas lichter war, schimmerten die Weiß-, Rosa- und Gelbtöne der Obstbäume hindurch. Zwischen den Glasscherben auf den Mauerkronen rankten sich Efeuzweige und die lichtblauen Blütenrispen der Glyzinien herab. Nie wurde sie es überdrüssig, dort zu sitzen und sich von diesem Anblick verzaubern zu lassen. Und stets hoffte sie, seine Stimme zu vernehmen, die Stimme ihres wunderschönen Nachbarn. Stattdessen hörte sie jedoch nur das Gezwitscher der Vögel.

Ihr Kleiner blieb brav in seinem Buggy sitzen und sah sie mit einem Lächeln an, in dem unzählige Sternchen funkelten. Mit seinen fast zwei Jahren sprach er noch keine einzige Silbe und konnte noch nicht einmal alleine stehen, doch die Ärzte hatten ihr versichert, dass mit ihm alles in Ordnung sei und es nichts zu behandeln gebe.

Seitdem hatte sie manchmal Lust zu sterben. Das Kind, sagte sie sich, würde eine ihrer Schwestern zu sich nehmen, sodass es wenigstens in einer normalen Familie aufwüchse.

Nicht umsonst trank sie das Wasser aus dem Tank, der nie gewartet wurde, denn sie hoffte, an Typhus zu erkranken, und aß Lebensmittel aus Konserven mit abgelaufenem Haltbarkeitsdatum, um sich Botulismus zuzuziehen, eine gefährliche Lebensmittelvergiftung. Oder sie ging auf der falschen Straßenseite, weil sie dort von einem Auto angefahren werden konnte.

Doch jetzt war der Frühling eingezogen, und man konnte, hatte man die schmutzigen Fensterscheiben blank geputzt, endlich wieder nach draußen sehen.

Während sie auf der Bank saß, beobachtete sie, wie Putzbrocken von ihrem baufälligen Balkon auf die Baumwipfel jenseits der Mauer fielen.

Sie stand auf und verließ ihren Aussichtspunkt unter der Palme, um nach Hause zurückzukehren.

»Hallo?«, meldete sich die männliche Stimme am anderen Ende der Leitung.

»Ich weiß nicht, ob Sie mich kennen, ich bin eine Nachbarin und habe Ihre Nummer aus dem Telefonbuch. Jeden Nachmittag spazieren wir an Ihrem Haus vorbei, aber Sie haben uns noch nie bemerkt. Ich rufe Sie an, um Ihnen zu sagen, dass mein Balkon baufällig ist, und da er in Ihren Garten hineinreicht, ist es gefährlich, sich unter ihm aufzuhalten. Sie müssen auf herabfallende Brocken achten. Das wollte ich Ihnen nur gesagt haben.«

»Ach, nicht so schlimm. In den hinteren Teil des Gartens gehe ich ohnehin nie. Nur mein Junge, der treibt sich überall herum, doch der besucht mich erst wieder in den großen Ferien. Apropos Ferien: Wissen Sie zufällig, wann sie beginnen?«

»Wie jedes Jahr um den 10. Juni herum, da schließen alle Schulen und Kinderkrippen.«

»Wie auch immer, ich komme mal eben raus, dann können Sie mir den Schaden zeigen.«

Sie machte sich schnell ein wenig zurecht. Als sie kurz darauf, den Kleinen im Arm, auf den Balkon trat, war er schon da. Rittlings saß er auf der Mauerkrone, nachdem er zuvor eine ausreichend große Stelle von Flaschenscherben befreit hatte.

Der Kleine, außer sich vor Freude, streckte ihm die Ärmchen entgegen, und der Nachbar nahm ihn auf den Arm – nur um ihn sogleich wieder seiner Mama zurückzureichen.

»Tut mir leid, aber ich glaube, seine Windeln müssten gewechselt werden«, sagte er grinsend.

»Ach, wie nachlässig von mir! Entschuldigen Sie bitte. Ich gehe rasch hinein und mache ihn sauber. Sag unserem Nachbarn auf Wiedersehen«, meinte sie, indem sie das Händchen des Kleinen nahm und damit winkte. »Ciao, lieber Nachbar!«

Als sie einige Wochen später auf dem Balkon stand und sich über das Geländer beugte, um den Garten zu bewundern, der im Sonnenlicht in üppigem Grün erstrahlte, hörte sie eine Kinderstimme, die nach ihr rief, und sie erblickte einen Jungen, der die Mauer hinaufkletterte.

»Signora! Signora! Weißt du, ob es hier andere Kinder gibt?«

»Ja, sicher, irgendwo sind bestimmt welche.«

»Kannst du mir nicht eins herausschicken?« Er war jetzt auf der Mauerkrone angekommen und stützte sich mit seinen von Schrammen übersäten Ärmchen auf die scherbenfreie Stelle.

»Weißt du, die Kinder werden jetzt alle beim Mittagessen sein.«

»Und warum bist du nicht beim Mittagessen – hast du keine Kinder?«

»Doch, doch. Ich gehe meinen Kleinen mal eben holen und zeig ihn dir.«

Sie huschte hinein und kehrte kurz darauf mit ihrem Sohn auf dem Arm zurück, der sich dem unbekannten Kind aufgeregt entgegenreckte.

»Aber der ist ja noch viel zu klein«, meinte der Junge naserümpfend.

Am Nachmittag dann hörte sie ein Klopfen am Fenster, und als sie nachsehen ging, erkannte sie den Nachbarn. Er musste weitere Glasscherben aus der Mauerkrone entfernt haben, jedenfalls war die Lücke größer geworden, und er saß, ein wenig bequemer jetzt, wieder rittlings auf der Mauer.

»Der Junge, mit dem Sie heute Vormittag gesprochen haben, ist mein Sohn. In den Sommerferien wohnt er bei mir. Die reinste Hölle, sage ich Ihnen. Glauben Sie, seine Mutter, die blöde Ziege, würde ihn auch nur ein kleines bisschen erziehen? Fehlanzeige. Gefühle zu äußern heißt bei ihm spucken und nach einem treten. Dann diese ewigen Pommes, nichts als Pommes frites isst er. Und die ganze Zeit will er nur Fußball spielen, doch statt es richtig zu lernen, begnügt er sich damit, den Ball aufs Dach zu dreschen. Jetzt, wo er Sie kennengelernt hat, wird er ihn bestimmt immer durch Ihr Fenster schießen, passen Sie bloß auf.«

»Und was kann man dagegen machen?«, fragte sie.

»Was weiß ich. Jemanden anrufen und um Rat fragen vielleicht? ›Entschuldigen Sie, es ist drei Uhr nachmittags, und so und so ist die Situation. Sagen Sie, was soll ich tun?‹«

Da musste sie herzlich lachen.

Am nächsten Tag kaufte sie eine Packung Wäscheklammern und warf die alten rostigen Dinger weg, die sie immer benutzt hatte, um die Wäsche an der Leine aufzuhängen, aber auch, um sich in der Hoffnung auf Tetanus den Arm aufzuscheuern.

Sie hatte beschlossen, ihre Energie lieber darauf zu verwenden, den perfekten Selbstmord zu planen, einen, den man garantiert für einen Unfall hielte. Sie würde es so aussehen lassen, als wäre sie beim Versuch, den Duschvorhang zu reparieren, verunglückt: Die Stange hätte sich von der Wand gelöst, woraufhin sie mit einem Werkzeug und der neuen Stange in den Händen auf den Wannenrand geklettert wäre. Davor würde sie den Wasserhahn aufdrehen, um die Wanne volllaufen zu lassen und den Duschvorhang in ihr einzuweichen. Zum Schluss würde sie, noch immer das Werkzeug in der Hand, ausrutschen und bei laufendem Wasser in die Wanne stürzen, sich im Duschvorhang verheddern und ertrinken.

Dann würde niemand in ihrer Familie ihr vorwerfen können, sie habe vor den Schwierigkeiten des Lebens fliehen wollen und ihr Kind zu einem Waisen gemacht. Und was den Kleinen anging, so tröstete sie sich mit dem Gedanken, dass er es bei einer ihrer Schwestern ohnehin besser hätte.

Doch seit der Nachbar und sein Sohn immer wieder unverhofft aus dem dichten Laubwerk auftauchten und sich auf die Mauerkrone setzten, dachte sie nicht mehr so oft daran. Beim leisesten Blätterrascheln lief sie schnurstracks auf den Balkon. Sogar ihr kleiner stummer Junge fuchtelte aufgeregt mit Ärmchen und Beinchen und strahlte übers ganze Gesicht, wenn er die beiden sah. Der Selbstmord, sagte sie sich, lief ihr ja nicht davon, und vielleicht konnte man ihn sogar, wenn man es ruhig und mit Bedacht angehen ließ, weiter perfektionieren.

Inzwischen hatte sie Blumentöpfe auf den Balkon gestellt und Windensamen gepflanzt. Diese Blumen mochte sie wegen ihrer schönen blauen Blütenglocken am liebsten. Mal sehen, ob sie aufgehen würden. Nachts saß sie im Schaukelstuhl auf dem Balkon und betrachtete den Mond, der die Zweige im Garten beschien, und lauschte dem Meer, dessen Rauschen trotz der Entfernung zu hören war. Sie konnte sich einfach nicht entschließen, ins Bett zu gehen, und wünschte sich nicht länger, wie früher immer, die Tage möchten so rasch wie möglich vergehen.

Eines Tages tauchte plötzlich der Nachbarssohn in ihrer Küche auf, während sie Brei für ihren Kleinen zubereitete. Er war über die Mauer auf den Balkon geklettert und durch die offene Tür hereingekommen. Da sie nicht wusste, was sie ihm sonst anbieten sollte, beschloss sie, ein Ei für ihn zu kochen.

»Stell dir vor, was für ein magisches Gefühl es ist, ein Ei zwischen den Fingern zu halten und es aufzuschlagen«, sagte sie, das Kinn auf den Tisch gelegt, während sie ihm beim Essen zusah.

»Warum hast du es mir nicht gebraten?«

»Weil ein Spiegelei nichts Magisches hat.«

»Nur ein weichgekochtes Ei ist magisch?«

Von da an erlaubte der Nachbar ihm, jeden Morgen über die Mauer zu klettern, und sie ließ die Balkontür offen. Urplötzlich huschte er dann herein und kauerte sich in die Ecke wie ein wildes Tier. Oft bemerkte der Kleine ihn als Erstes und hieß ihn willkommen, indem er mit Ärmchen und Beinchen um sich schlug und übers ganze Gesicht strahlte.

Inzwischen fühlten sich Mutter und Sohn gleichermaßen von der Mauer angezogen, und immerzu wanderten ihre Blicke dorthin, als erwarteten sie, dass der seltsame Nachbarsjunge jeden Moment aus dem dichten Laubwerk auftauchen würde.

Spätabends rief unten im Garten der Nachbar nach ihm und dankte ihr für ihre Gastfreundschaft, ehe er die Arme ausbreitete und seinen Kleinen lachend auffing.

»Fahren wir morgen ans Meer?«, fragte der Junge sie eines Tages, als sein Vater ihn abholte.

»Jetzt mach mal halblang«, ermahnte er ihn. »Sobald man ihm den kleinen Finger reicht, nimmt er die ganze Hand«, fügte der Nachbar, an sie gewandt, entschuldigend hinzu.

»Ich würde ja gern mit den beiden ans Meer

fahren, zu einem schönen Strand in Richtung Villasimius oder Chia, es ist nur so, dass ich kein Auto habe.«

Später fiel ihr ein, dass sie ja auch den Bus nehmen könnten. Komisch, dass ihr der Gedanke erst jetzt kam.

Und das taten sie dann auch. Bei schönem Wetter gingen sie morgens zur Piazza Matteotti hinunter, wo sie in den Bus nach Villasimius stiegen. Menschen von überall her pendelten auf dieser Strecke – Senegalesen, Pakistaner, Inder, Nordafrikaner, Chinesen –, nur sie drei waren Weiße und sprachen Italienisch. Sie fragte sich, ob sie nicht traurig waren, diese armen Teufel, und ob auch sie am liebsten sterben würden. Bestimmt hatten einige von ihnen zu Hause ein Studium absolviert, um sich dann hierzulande als Strandverkäufer durchschlagen zu müssen. Und wer weiß, überlegte sie weiter, vielleicht plagte sie auch schreckliches Heimweh und das Gefühl des Fremdseins; und welche Demütigungen sie wohl erdulden mussten. Und doch erschienen sie ihr zufriedener als sie selbst. Sie lachten sich kaputt über den Nachbarsjungen, der nur Blödsinn im Kopf hatte und nicht eine Sekunde ruhig sitzen blieb, und hätschelten ihren Kleinen, der bereitwillig die Ärmchen ausstreckte, um sich von einem von ihnen auf den Schoß nehmen und etwas vorsingen zu lassen.

Ansonsten knabberte der Kleine zufrieden an seinen Grissini, während er stumm aus dem Fenster blickte und der sich in der Ferne verlierenden Küstenlinie und ihren zahlreichen Stränden nachsah. Sie stiegen immer am selben Strand aus, weil das Wasser dort so klar war, dass man Lust bekam, aus dem Bus zu springen und sich mit all seiner Kleidung in die himmelblauen Fluten zu stürzen. Und genau das tat der Nachbarsjunge auch. Er nahm auf einem der Sandwege, die sich durch die Macchia schlängelten, Anlauf und rannte wie ein geölter Blitz zum Strand hinunter, wo er, ohne sich auszuziehen, ins Wasser sprang, während der Kleine sich vor Lachen nicht mehr einkriegte.

»Mein kleiner Greis«, sagte seine Mama dann, »mein kleiner, stummer, weiser Mann, der du so herrlich über diesen verrückten Jungen lachen kannst.«

Weil sie den Kindern die verschiedenen Pflanzen zeigen wollte, machten sie sich am Nachmittag rechtzeitig vor der Abfahrt des Busses auf den Weg zur Haltestelle. Doch der Nachbarsjunge trottete bloß über die Sandwege und interessierte sich nicht die Bohne für die Vegetation. Also schenkte sie ihre ganze Aufmerksamkeit dem Kleinen. »Das hier ist Zistrose, dort sind Strohblumen, hier haben wir Mastix und dort Rosmarin. Und das sind blühende Disteln. Siehst du, mein kleiner stummer Botaniker?«

Im Bus nach Chia, das auf der anderen Seite, im Südwesten von Cagliari, lag, war es das Gleiche. Auch hier kam sie sich wie auf einer Weltreise vor, benutzten den Bus doch vor allem Immigranten, die als Strandverkäufer ihre Waren an den Mann bringen wollten. Gemeinsam mit ihnen stiegen sie aus und überquerten den wüstenartigen Sandstreifen, der die Straße vom Meer trennt. Die Strandverkäufer waren mit Halsketten, Kleidern, Taschen und Tischdecken beladen, und sie musste auf den Kleinen auf dem Arm und den Nachbarssohn achtgeben, der aufgeregt vor- und zurücklief, weil er es kaum erwarten konnte, ins Wasser zu springen.

Sie unterhielten sich mit Händen und Füßen. Freilich nur über einfache Dinge und so gut es eben geht, wenn man verschiedene Sprachen spricht.

Dabei fragte sie sich, ob diese Einwanderer aus aller Herren Länder mit ihrem Sack voller Probleme überhaupt ein Auge für die Schönheit dieses Fleckchens Erde hatten, für die weißen Sanddünen und das glasklare, ruhige Meer.

Natürlich war der Nachbarssohn immer der Erste, der den Strand erreichte, auf eine Düne kletterte und auf dem Hosenboden ins Wasser rutschte. Sie traf immer ein bisschen später mit dem Kleinen ein. Das Seltsame war, dass er im Wasser automatisch Schwimmbewegungen mit Ärmchen und Beinchen machte und sich allein über Wasser hielt. Vielleicht, dachte sie, ist dies hier sein Element, sein Planet, ein großes Meer, in dem man schwimmt, statt zu gehen, und wo es keine Worte braucht.

Abends dann kehrten sie sonnenverbrannt und salzverkrustet und zufrieden nach einem erlebnisreichen Tag zurück.

Wenn es regnete und der Junge wieder vor seinem Frühstücksei saß, sagte er: »Und was machen wir heute?«

»Heute genießen wir mal das schöne Regenwetter.«

»Und was ist mit den anderen Kindern?«

»Wir gehen gleich welche suchen.«

Kaum hatte er sein Ei aufgegessen, sah er sie erwartungsvoll an. Bei ihr wiederum brachten die Wolken und der Regen und die Tatsache, nicht zu wissen, was man anfangen und wohin man gehen sollte, wieder den Wunsch zurück, nicht mehr leben zu müssen.

Irgendwie fand sie jedoch die Kraft, mit den Kindern die Wohnung zu verlassen und die steilen Gässchen des Castello hinaufzugehen. Von hohen Mauern umgeben, waren sie auch im Sommer schattig und angenehm kühl, und der frische Geruch gerade gewaschener und zum Trocknen aufgehängter Wäsche lag in der Luft.

Auf manchen Balkonen standen Töpfe mit Basilikum und Minze, andere quollen vor leuchtend roten Geranien über. Wenn sie die Matronen mit ihren dicken, von Krampfadern durchzogenen Beinen sah, die sich dort zu schaffen machten, fragte sie sich, ob nicht auch diese Frauen, arm und ungepflegt, wie sie waren, sich nach dem Tod sehnten. Doch im Gegenteil schienen sie es zufrieden, das Basilikum, die Minze und die roten Geranien zu hegen und zu pflegen.

Die kleinen Plätze des Castello waren, weil man

dort herrlich Fußball spielen konnte, stets voller Kinder. Aber unter dem bedeckten Himmel war es drückend schwül, und man war dem milchig weißen Licht schutzlos ausgeliefert. Die Kinder nahmen den Nachbarsjungen bereitwillig in ihre Mannschaft auf, doch dauerte es nicht lange, bis ein erbitterter Streit mit Fußtritten und Anspucken entbrannte, sodass der Kleine in seinem Buggy vor Angst zu weinen anfing. Hilflos streckte er die Ärmchen nach dem Jungen aus und schien verzweifelt, weil er sich nicht mit Worten ausdrücken konnte.

An den Tagen, an denen der Himmel wolkenverhangen war, rief das Kind von der Mauer aus: »Was machen wir heute? Gehen wir zu den anderen Kindern?«

Einmal erschien der Nachbar, zog den Jungen kurzerhand von der Mauer herunter und legte ihn sich über die Schulter. »Es ist zwecklos, wenn sie dir Freunde sucht, du aber nicht in der Lage bist, sie zu halten.«

Das Kind bedeckte mit den Händen die Augen seines Vaters und fragte: »Wer bin ich?«

»Ich will einfach nicht, dass er sich wie ein Trottel aufführt«, sagte der Nachbar zu ihr, ließ ihn wieder herunter und entfernte sich.

»Ich werde nie richtige Freunde haben, stimmt's? Weil niemand meine Späße lustig findet«, sagte der Junge.

»So ein Unsinn!«, erwiderte sie. »Komm, lass uns einen Spaziergang machen.«

»Spielen wir Rätselraten?«

»Na gut. Wie heißt das braune Zeug, das an der Unterhose klebt und das man mit Wasser wieder abwaschen kann?«

»Keine Ahnung.«

»Kacke natürlich!«

Sie hatte die Erfahrung gemacht, dass Witze, in denen das Wort »Kacke« vorkommt, Kinder zum Lachen bringen. Mit etwas besserer Laune machten sich die drei dann wieder auf die Suche nach anderen Kindern. Den Kleinen trug sie auf dem Arm, während der Nachbarsjunge mit hängendem Kopf hinter ihr hertrottete und Steine wegkickte oder leeren Konservendosen einen Tritt versetzte, als handelte es sich um einen Fußball. Zwischendurch bohrte er zum Scherz in der Nase und tat, als würde er die Popel in ihre Richtung schnippsen, woraufhin sie die Erschrockene mimte und mit dem Kind im Arm flüchtete. Doch nach einiger Zeit wurde er ernst. Während er ruhig neben ihr herging, erzählte er ihr von einem Traum, den er gehabt und der ihm mächtig Angst eingejagt hatte.

In diesem Traum trug sein Vater einen anderen Jungen auf den Schultern und war sehr froh über den neuen Sohn, während er ihn einfach stehenließ. Von vorn war dieser fremde Junge schön, aber als er ihn von hinten sah, erkannte er, was er wirklich war. Ein Monster. Ein pelziges Monster.

Außerdem erzählte er ihr, dass, wenn er mal wieder groben Unfug angestellt hatte, sein Vater immer zu ihm sage, eines schönen Tages würde er nicht mehr aufmachen, wenn seine Mama ihn an den Feiertagen oder für die Ferien zu ihm bringe.

»Sollte das wirklich einmal passieren, dann kommst du zu mir, das bekommen wir schon hin. Statt an der Haustür zu klingeln, schleichst du dich durch den Garten an und überraschst ihn. Also, pass auf: Du kommst zuerst zu uns, und zwar nicht über die Mauer, sondern durch die Wohnungstür. Du brauchst nur zu klingeln. Anschließend helfe ich dir, dich vom Balkon an der Mauer hinabzulassen. Ganz einfach.«

»Und du wirst immer da sein und mir öffnen?«

»Versprochen.«

»Und du wirst es nicht vergessen und einfach von hier wegziehen?«

»Nein, bestimmt nicht.«

»Und wenn Papa an meiner Stelle schon den Monsterjungen angenommen hat?«

»Unmöglich, das wird er nicht tun.«

»Warum nicht?«

»Ganz einfach: Es gibt ihn nicht.«

»Es-gibt-ihn-nicht! Es-gibt-ihn-nicht! Es-gibt-ihn-nicht! Und du, würdest du nicht lieber ein Kind haben, das spricht und laufen kann?«

»Nein. Und außerdem: Wer weiß, wie es von hinten aussähe. Schau dir doch meinen stummen Kleinen an, ist er nicht auch von hinten wunderschön?«

»Es-gibt-ihn-nicht! Es-gibt-ihn-nicht! Es-gibt-ihn-nicht!« Damit sprang der Junge wieder davon und spielte Fußball mit herumliegenden Dosen.

Währenddessen sah sie sich um, und sobald sie ein anderes Kind entdeckte, das einen gelangweilten Eindruck machte, stupste sie den Nachbarsjungen sanft an der Schulter wie ein Fallschirmlehrer seinen Schüler vor dem ersten Sprung. »Geh zu ihm und frag ihn, ob er mit dir spielen möchte!«

Das ließ er sich nicht zweimal sagen und rannte

zu dem Kind. Nach einigen erfolglosen Versuchen fand er eines, das mit ihm spielen wollte.

»Er hat gesagt, er kommt zehn Minuten vor dem Mittagessen zum Spielen herunter, dann wird er zum Essen gerufen, aber am Nachmittag darf er wieder nach draußen. Wir warten doch auf ihn, nicht wahr?«, drängte sie der Nachbarsjunge.

Aber sicher, sie würden rechtzeitig wieder zurückkehren, beschwichtigte sie ihn; von nun an würden sie immer herkommen, wenn der Himmel wolkig war, damit er mit dem Jungen spielen konnte.

Während sie auf ihn warteten, setzten sie sich auf eine Stufe. Der Junge legte den Kopf in ihren Schoß, neben den des Kleinen. Schließlich ließ auch sie den Kopf nach vorn sinken, überwältigt von der Mittagshitze und ihrer Müdigkeit, denn die traurigen Gedanken hatten sie wieder nicht schlafen lassen. Nur wenn es ihr mitten in der Nacht gelang, ihren Selbstmordplan zu perfektionieren, fand sie irgendwann Ruhe. Was ist im Übrigen schon so schlimm daran, sich das Leben zu nehmen, wenn du weißt, dass dein Kind in gute Hände kommt, sagte sie sich; und wenn du weißt, dass jemand anders deine Arbeitsstelle kriegt. Außerdem muss sich niemand grämen oder schämen, weil es ja ein Unfall ist.

Eines Tages suchte der Nachbar nach ihnen.

Schließlich fand er die drei, als sie gerade in der größten Nachmittagshitze aneinandergeschmiegt auf einer Treppenstufe saßen und ein Nickerchen hielten.

»Sagt mal, habt ihr sie noch alle?«, weckte er sie auf. »Ihr braucht euch gar nicht zu wundern, wenn euch die Nachbarn eines schönen Tages mit dem Stock stoßen und wegscheuchen.«

Auch wenn er sie mal wieder recht grob zurechtgewiesen hatte, freuten sie sich, weil er nach ihnen gesucht hatte. Sie empfingen ihn mit großem Hallo, und dann passierte etwas ganz Merkwürdiges. Mit einem Mal gab der Kleine seine Stummheit auf und stieß ein paar Laute aus: »Abudabudabudabuda! Abiliabiliabiliabu!«

Der Vater nahm seinen Sohn an der Hand, und sie erhob sich mit dem Kleinen auf dem Arm von der Treppenstufe. Auf dem Rückweg küsste und herzte sie ihn unentwegt, indem sie immer wieder sagte: »Er hat gesprochen! Er hat gesprochen!«

Seit es sich der Nachbar zur Gewohnheit gemacht hatte, sie um die Mittagszeit zu besuchen, war es auch an verregneten Tagen schön. Denn von nun an tauchte der Junge auch bei Regen aus dem dichten Laubwerk auf und setzte sich auf die Mauer.

Anschließend spazierten sie in Richtung des Castello hinauf, dessen Häusermauern in den verschiedensten Farben schimmerten, von Kupfer über ein schwaches Gelb bis zu rötlichem Sand. Eine Ahnung von Licht lag in den dunklen Gassen, und tatsächlich konnten die Sonnenstrahlen schon im nächsten Moment unversehens die Plätze fluten, die wie Aussichtstribünen über dem Meer lagen.

Im blendenden Sonnenlicht kickte der Junge seinen Ball in die Luft. Die finsteren Wolken, die eben noch das Meer stahlgrau und bedrohlich hatten wirken lassen, verzogen sich, und alles wurde strahlend weiß. Wenn sich das Dächermeer mit den zwei weißen Türmen Torre dell'Elefante und San Pancrazio leuchtend vom blauen Himmel abhob, war es natürlich am schönsten. Aber so war es eben, auf Regen folgt Sonnenschein, sagte sie sich.

Nun, da pünktlich um halb eins der neue Freund des Nachbarsjungen herunterkam, um vor dem Mittagessen zehn Minuten mit ihm zu spielen, konnten sie danach auch leicht die drückende Mittagshitze ertragen, während sie darauf warteten, dass er am frühen Nachmittag zum Spielen zurückkehrte. Vor allem mit der Aussicht, dass der Nachbar zu ihnen stoßen würde.

Wenn der Nachbar dann kam, mäkelte er an ihnen herum. Zum Beispiel meinte er, dass ihnen nur noch der Hut in der Hand fehle, um Almosen zu erbetteln. Und ausgerechnet in der ärmlichsten Ecke des Castello mussten sie sich aufhalten und sich auf die schmutzigsten Treppenstufen oder die abgenutzteste Bank setzen.

Dann zupfte er an ihnen herum. Strich Brotkrümel von ihrem Kleid und ordnete ihre Haare, wobei er sich die Frage nicht verkneifen konnte, ob sie eigentlich einen Kamm besitze, falls nicht, würde er ihr gern einen schenken. Dem Kleinen wischte er die Breireste vom Kinn, ehe er mit einem Papiertaschentuch die Schuhe seines Sohnes sauber rieb, wenn dieser mal wieder in einen Hundehaufen getreten war. Etwas, was häufig geschah, denn selbst wenn es weit und breit nur einen einzigen Haufen gab, konnte man darauf zählen, dass er ihn erwischte.

Stets hatte der Nachbar etwas zu essen dabei.

Nicht etwa Grissini oder den Sternchenbrei mit Öl und Käse, mit dem die Mama ihr Kind immer fütterte, sondern Trauben, die der Kleine so gern mochte, und für die anderen Panini mit paniertem Schnitzel und Salatblättern.

»Ist er nicht noch ein bisschen klein für Trauben?«, fragte sie besorgt.

»Aube! Aube!«, sagte der Kleine und sah den Nachbarn fordernd an.

Seine Mama war jedes Mal dermaßen entzückt, wenn sie diese Laute vernahm, dass sie darüber ihre Sorge vergaß, es sei für Trauben womöglich noch ein wenig zu früh. Sie konnte dem Nachbarn nicht oft genug danken, doch der versicherte ihr, sie brauche wirklich keine Angst zu haben, schließlich gebe er ihm ja nicht viel von den Früchten, und außerdem würde der Sommer nicht ewig dauern.

Eines Nachts, als sie sich wieder einmal im Schaukelstuhl auf dem Balkon wiegte und ein weißlicher Mond am Himmel stand, der aussah, als wäre er mit einem Buntstift gemalt worden, und der Wind den Geruch des Meeres und die Düfte des Gartens heranwehte, sah sie den Nachbarn plötzlich vor sich.

Er saß rittlings auf der Mauer, an der von den Flaschenscherben befreiten Stelle, die bei all dem Kommen und Gehen immer breiter geworden war. Da sie so ganz und gar nicht mit seinem Erscheinen gerechnet hatte, trug sie nur ein durchsichtiges Unterkleid; dessen ausgeleierte Träger waren ihr über die Schultern gerutscht und ihre Brüste dadurch nahezu entblößt.

»Was für eine Überraschung!«, sagte der Nachbar.

»Aber nein, ich sitze jede Nacht vor dem Schlafengehen hier. Das heißt, schlafen kann ich ja sowieso nicht.«

Er sah sie bewundernd an. »Mit ›Überraschung‹ meinte ich eigentlich eher Ihre Figur. Würde man gar nicht vermuten unter den Harlekinsklamotten, die Sie normalerweise tragen.«

Da musste sie lachen und wurde rot. Sie stand rasch auf und ging ins Haus, um sich ihre Brüste zu bedecken. Mit einer Strickjacke kam sie zurück, doch da sie sich wie immer im zweiten Ärmel verhedderte, beugte sich der Nachbar zu ihr herüber und half ihr hinein.

»Mir geht's genauso, ich kann in letzter Zeit auch nicht schlafen. Sobald ich mich ins Bett lege, zwickt mich der Magen, und ich kann an nichts anderes denken als an einen Tumor. Und plötzlich habe ich furchtbare Angst zu sterben.«

»Ach, und ich wünsche mir so sehr, eine schwere Krankheit zu bekommen! Gern würde ich Ihnen alle erdenklichen Gebrechen abnehmen, die zum Tod führen können.«

Daraufhin musste der Nachbar lauthals lachen, und weil er sich dabei weit nach vorn beugte, zog er weitere Scherben aus der Mauerkrone, um sich das Gesicht nicht zu verletzen.

Seither erwartete sie ihn jede Nacht auf dem Balkon. Das Unterkleid mit den ausgeleierten Trägern zog sie nicht mehr an. Sie kaufte sich neue Unterwäsche und hütete sich davor, ihre Kleidung mit den rostigen Klammern an der Leine aufzuhängen. Den Nachbarn empfing sie jetzt in einem Spitzenmieder, das vorn mit hauchdünnen Bändern geschnürt war. Sie hatte es eine Nummer zu klein genommen, damit sie es nicht ganz schließen konnte, sodass ihre Brüste nur halb bedeckt waren, so wie es die Edeldamen im 18. Jahrhundert hielten.

Auch ein neues Unterkleid hatte sie gekauft, aus reiner, zart fließender Seide, die ihren weiblichen

Formen schmeichelte, und statt sich die Haare zu einem Dutt hochzustecken, ließ sie sie offen über die Schultern fallen.

Und so trat sie auf den Balkon, mal im Unterkleid und dann wieder im Mieder, das sie mit einem einfachen Rock kombinierte, denn es sollte natürlich und salopp aussehen.

An manchen Abenden saß der Nachbar bereits rittlings auf der Mauerkrone, und mittlerweile klaffte eine noch breitere Lücke zwischen den Glasscherben.

Es stellte sich heraus, dass seine Angst vor dem Tod ebenso groß war wie ihre Sehnsucht danach.

Wenn er nachts zweimal auf die Toilette musste, war er sich sicher, einen Prostatatumor zu haben, wenn er hingegen eher selten Harndrang verspürte, witterte er ein Nierenversagen. Vorübergehende Kopfschmerzen oder beschleunigter Herzschlag kündigten einen Schlaganfall beziehungsweise einen Herzinfarkt an. Fand er ein Haar auf dem Kopfkissen, handelte es sich um krankhaften Haarausfall. Eine Hautschuppe, die sich beim Kratzen gelöst hatte, stellte ein untrügliches Zeichen für Schuppenflechte dar. Fühlte er sich ein wenig müde und abgespannt, war es eine beginnende Leukämie.

Und eine Erkältung, die nach einem Tag nicht wieder verging, konnte nur Aids bedeuten.

Wann immer er ein Symptom dieser Art bemerkte, erschien er auf der Mauer, gleich einem traurigen Ritter, der von einem Kreuzzug zurückkehrt, nachdem er dem Tod ins Auge geblickt hat und mit ansehen musste, wie die eigenen Kampfgefährten von feindlichen Schwertern durchbohrt wurden.

Den Tod stellte er sich wie den Sensenmann in dem Film *Das siebente Siegel* von Ingmar Bergman vor, und das fand sie nun wiederum zum Lachen, denn wie konnte man sich etwas so Liebliches wie das Sterben auf solch makabre Weise ausmalen?

Grausam hingegen war für sie das Leben. Na ja, nicht immer. Hin und wieder gab es Momente, in denen sie weiterleben wollte. Zum Beispiel damals, als der Vater des Kleinen und sie noch miteinander redeten und er dabei mit einer Strähne ihres langen Haars spielte. Oder wenn sie sich beim Pizzaessen nah zueinandersetzten, nachdem sie zwei verschiedene Sorten bestellt hatten, denn es verstand sich von selbst, dass sie vom Teller des jeweils anderen probierten. Oder wenn er auf ihren Bergwanderungen, aufmerksam, wie er war, beim Anstieg hinter ihr ging und beim Abstieg vor ihr, um sich zu vergewissern, dass ihr nichts zustieß. Oder wenn sie Arm in Arm in der Stadt spazierten – der Vater des Kleinen ging sehr schnell und sie ziemlich langsam – und sie sich von seinem herrlichen Gang mitziehen lassen konnte. Oder im Bett: Mein Gott, wie schön es mit ihm im Bett gewesen war!

Doch all das ereignete sich, als der Kleine noch nicht auf der Welt war, wer weiß, wo er sich zu diesem Zeitpunkt befand, wahrscheinlich auf einem freundlichen Planeten, auf dem niemand spricht und niemand geht und alle ihn für normal hielten.

Damals hätte sie sterben sollen. Ehe der Vater des Kleinen aufhörte, sie zu begehren und sich um sie zu kümmern und sie sanft mit sich zu ziehen, und ehe der Kleine auf unseren Planeten kam, wo alle von einem erwarteten, dass man sprach und ging.

Warum hatte sie damals nicht sterben können! Aber von wegen Totenkopf und schwarzer Mantel. Ihr Tod hätte anders ausgesehen. Sie hätte sich im Meer aufgelöst, sich in Schaum verwandelt, um dann als Wasserdampf aufzusteigen und schließlich zu einer Wolke zu kondensieren. Oder sie wäre zu einem freundlicheren Planeten als dem unsrigen geflogen, einem, auf dem alles Schöne unvergänglich war.

Der Nachbar amüsierte sich köstlich über ihre Vorstellung vom Tod. Doch dann wurde er unvermittelt wieder ernst. Also wirklich, sie möge es ihm nicht übelnehmen, sagte er, aber er finde ihre Sichtweise von Leben und Tod reichlich dumm. Wie um alles in der Welt komme sie auf die Idee, dass der Kleine besser auf seinem Planeten geblieben wäre? Wer sage denn, dass es auf diesem Planeten, wenn es ihn denn gab, tatsächlich so behaglich war? Finde sie es nicht auch schrecklich, sich für die Menschen zu wünschen, nicht zu existieren oder sich ausgerechnet in einem ihrer glücklichsten Momente aufzulösen, statt zu hoffen, dass man eines Tages eine Heilmethode für all ihre Krankheiten fand, damit sie besser und immer länger lebten? War ihre Vorstellung vom Tod nicht eine Beleidigung? Gegenüber Gott? Gegenüber der gesamten Menschheit? Gegenüber demjenigen, der wirklich litt?

»Wir führen keine Kriege«, sagte der Nachbar, »und nehmen drei Mahlzeiten täglich zu uns. Auch ist die Gefahr, von einem Selbstmordattentäter in die Luft gesprengt zu werden, ziemlich gering. Sich in unserer Welt den Tod zu wünschen ist wirklich eine Beleidigung. Wir müssen zusehen, dass wir möglichst lange am Leben bleiben, und dafür sorgen, dass Kriege, Hunger, Krankheiten und der Tod ausgerottet werden.«

Warum wollte sie eigentlich sterben? Weil ihr Kind mit zwei Jahren noch immer nicht sprach und lief? Wäre es nicht naheliegender, zu versuchen, die Ursache herauszufinden und das Problem zu lösen? Und schämte sie sich denn nicht, wenn sie mit ihren herrlichen Brüsten, ihrem prächtigen Hintern und ihren ausdrucksvollen Augen – mit all ihren gottgegebenen Reizen, die zu Gesicht zu bekommen er erst die Mauer hatte erklimmen müssen – immerzu einer verlorenen Liebe nachweinte? Und warum verzichtete sie eigentlich nicht auch tagsüber auf ihre seltsamen Harlekinsklamotten?

Mit diesen Worten brachte er sie zum Lachen, auch wenn sie kurz zuvor noch geweint hatte. Und weil sie wie immer kein Taschentuch zur Hand hatte, bot er ihr seinen Hemdsärmel an, den sie dankend annahm. Sie beugte sich über das Balkongeländer und wischte sich ihr Gesicht ab. Dann versicherte sie ihm, von seinem Ärmel ströme so viel Energie aus, dass sie mit einem Mal wieder Lebenslust verspüre, und jemand mit so viel Energie könne unmöglich krank sein, sondern müsse gesund sein wie ein Fisch im Wasser.

Eines Nachts beschloss sie, ihm von ihrer neuesten Idee zu erzählen. Sie wisse, sagte sie ihm, wie man ihre beiden Vorstellungen von Leben und Tod unter einen Hut bringen könne.

»Die Menschen halten Selbstmord ja für etwas Schlimmes«, sagte sie, »doch er ist vor allem für die zurückgelassenen Kinder ein furchtbares Vermächtnis. Und da man seine Hinterbliebenen – Menschen, die man liebt – nicht auch noch mit Schuldgefühlen belasten sollte, nur weil man zu dem Schluss gekommen ist, dass alle Anstrengungen, am Leben zu bleiben, müßig und idiotisch sind, habe ich mir den perfekten Selbstmord ausgedacht.«

»Wie, den perfekten Selbstmord?«, fragte der Nachbar neugierig.

»Perfekt, weil niemand darauf kommt, dass es sich um einen Selbstmord handelt und man die anderen damit nicht in ihren Bemühungen um ein besseres Leben stört.«

»Und wie stellen Sie sich den perfekten Selbstmord vor, wenn ich fragen darf?«

»Wenn ich es Ihnen erzähle, kann ich ihn nicht mehr in die Tat umsetzen.«

»Aber ich würde es niemandem verraten.«

»Versprechen Sie es mir?«

»Versprochen!« Der Nachbar legte die Hand aufs Herz. »Ansonsten sollen mich die schrecklichsten Krankheiten befallen und der Sensenmann mich holen.«

Da erzählte sie ihm haarklein von ihrem Vorhaben, von der Duschvorhangstange, der bis zum Rand gefüllten Badewanne und dem Duschvorhang, der sich mit Wasser vollsaugen würde, und wie sie schließlich mit dem Werkzeug in der Hand hineinfallen und ertrinken würde. Immer wieder unterbrach der Nachbar ihre Ausführungen, weil er alles ganz genau wissen wollte, zum Beispiel die Maße der Badewanne, der Duschvorhangstange und des Vorhangs.

Und in diesem Moment hatte sie gemeint, er sei aufrichtig an ihr interessiert, schließlich hatte er jede Nacht auch ein bisschen mehr von ihrem Körper sehen wollen und ihr versichert, wie schön er sie finde. Und doch verstrichen danach zwei Tage, ohne dass er wieder auf der Mauer erschien. Wenn sie jetzt nachts aus dem Fenster sah, war da nichts als die Dunkelheit. Vielleicht hatte er längst die Beziehung zu ihr abbrechen wollen und, indem er sie dazu brachte, ihm ihren Plan vom perfekten Selbstmord darzulegen, sich nur überzeugen wollen, ob sie tatsächlich so verrückt war, wie er vermutete, um dann zu beschließen, nie wieder seinen Sohn in ihre Obhut zu geben, weil man einer wie ihr unmöglich ein Kind anvertrauen konnte. Bestimmt waren sie weggegangen, Vater und Sohn. Weggezogen an einen Ort, der möglichst weit von der verrückten Nachbarin entfernt war.

Und plötzlich kam ihr ein grauenvoller Gedanke. Was, wenn der Nachbar gestorben war? Wenn er sie nur über ihren perfekten Selbstmord ausgefragt hatte, um sich ihren Plan zu eigen zu machen? Wenn er einfach nicht mehr mit seiner Angst vor den unzähligen Krankheiten hatte leben wollen und, mit Duschvorhangstange und Werkzeug bewaffnet, den Sensenmann mit dem schwarzen Mantel herausgefordert hatte?

Es waren zwar nur zwei Tage vergangen, seit sie den Nachbarn und seinen Sohn das letzte Mal gesehen hatte, dennoch war sie überzeugt, dass sie die beiden nie wieder zu Gesicht bekommen würde.

Mit einem Mal wurde ihr klar, dass sich erst jetzt, da sie so traurig war, die Mühe zu sterben lohnte. Im Gegensatz zur Zeit davor, als noch jemand auf die Mauer geklettert war, etwas, was ihr bis vor kurzem unbedeutend erschienen war, und doch war sie noch nie in ihrem Leben so glücklich gewesen.

Wie schön es doch gewesen war, als sie noch jeden Morgen ein Frühstücksei gekocht hatte und sie zu dritt mit dem Bus ans Meer gefahren waren. Oder als sie sich bei bewölktem Himmel in der Mittagshitze auf die Suche nach anderen Kindern gemacht hatten. Wie hatte sie es jedes Mal genossen, wenn der Nachbar ihr die Brösel vom Kleid wischte, ihre Haare glatt strich und ihr in den zweiten Ärmel half oder wenn sie das Gesicht in seinen Hemdstoff schmiegte, um sich von seiner Energie beleben zu lassen. All das hatte ihr nicht gereicht, weil sie glaubte, unbedingt die Gewissheit einer glücklichen Zukunft zu brauchen. Dabei hätte doch auch das Glück der Gegenwart genügt. Aber das hatte sie nicht begriffen.

Und jetzt waren sie beide verstummt; der Kleine saß auf dem Boden und sie auf dem Badewannenrand, während sie darüber nachdachte, wie dumm die Idee mit ihrem Selbstmord doch gewesen war, weil nie im Leben jemand auf ihren Trick hereinfallen würde, und wie dumm überhaupt die Idee, dass es besser sei zu sterben, wenn man glücklich war. Eine Idee dümmer als die andere.

Als es dann klingelte, wollte sie zunächst gar nicht aufmachen. Denn das, worauf sie wartete, konnte sich ja nur auf dem Balkon über der Mauer ereignen, jedenfalls nicht an der Wohnungstür. Doch dann rief sie sich das Versprechen in Erinnerung, das sie dem Jungen gegeben hatte – dass sie da sein würde, wenn der Vater ihm nicht öffnete, weil er seine Lausbubenstreiche endgültig satthatte.

»Lieber Gott«, betete sie inständig, »mach, dass der arme Junge nicht wieder weggegangen ist!«

Abrupt stand sie auf, ließ den Kleinen auf dem Badezimmerboden zurück und rannte zur Tür.

Es waren der Nachbar und sein Sohn. In ihren Händen hielten sie einen neuen Duschvorhang, eine Duschvorhangstange und einen Werkzeugkasten. Und als sie eintraten, rief ihr Kleiner: »Abudabudabudabuda!« Da stand er und hielt sich am Wannenrand fest, ihr Sohn. »Uba! Uba! Uba!«

DAS UNVOLLENDETE KUNSTWERK

Mit ihren fast vierzig Jahren hatte sie ihr ganzes Leben in Cagliari gewohnt. Sie arbeitete noch immer in dem Büro, in dem sie als junges Mädchen angefangen hatte. Jeden Morgen ging sie dieselbe Straße entlang. Weil sie den Weg inzwischen in- und auswendig kannte und gelernt hatte, jedem Hindernis auszuweichen, brauchte sie für diese Strecke immer weniger Zeit. – Sie hatte nie geheiratet, noch war sie je verlobt gewesen; das Leben der anderen veränderte sich, nur ihres nicht. Eine Zeit lang hatte sie es nicht wahrhaben wollen. Sie dachte, wenn man tagaus, tagein dieselbe Straße nahm, musste man unweigerlich irgendwann jemandem begegnen. Doch mittlerweile war sie überzeugt, dass es nicht nur ihr so erging: Unzählige Menschen wurden alt, ohne dass je etwas geschah.

Er kam aus Rom und hatte geschäftlich in ihrer Firma zu tun, und seit jenem Tag, da sie eine Bemerkung von ihm aufgeschnappt hatte, ging er ihr nicht mehr aus dem Kopf.

Sie hatte gerade das Büro eines Kollegen betreten wollen, als sie ihren Namen hörte. Statt hineinzugehen, blieb sie draußen hinter der Tür stehen. Der Kollege war offensichtlich dabei, dem Besucher die in der Firma beschäftigten Frauen aufzuzählen. Als die Reihe an ihr war, sagte er, sie sei vollkommen unbedeutend, wie ein begonnenes Kunstwerk, ein unbehauener Stein, den der Künstler, nachdem er eingesehen hatte, dass er nicht weiterkam, wegzuwerfen beschlossen habe.

Der Geschäftspartner aus Rom aber widersprach ihrem Kollegen, und sie bedauerte, dass sie nicht jedes seiner Worte verstehen konnte, denn offenbar stimmte er dem Vergleich mit dem unvollendeten Kunstwerk zwar zu, verglich sie jedoch mit dem eines großen Künstlers, den er sehr schätzte. Sie erinnere ihn an ein bestimmtes Kunstwerk, eine wunderschöne unvollendete Skulptur, die er immer wieder gern betrachte.

Wann immer sie seither an etwas Angenehmes denken wollte, stellte sie sich diese Skulptur vor, die ja nicht einmal fertig war, und diesen Künstler, dessen Namen sie nicht richtig verstanden hatte. Und als wäre das allein nicht schon töricht genug, zog sie bisweilen sogar in Erwägung, aufs Geratewohl nach Rom zu reisen, um sich auf die Suche nach diesem unvollendeten Kunstwerk zu machen, das ihr so glich. Es musste aus der Hand eines wahrhaft großen Künstlers stammen; sicher einer jener Meister, von denen jedes Werk nach dem Tod in irgendeinem Museum landete, mochte es auch nicht mehr als eine unbedeutende Kritzelei sein.

Immer wieder fragte sie Bekannte, die sich mit Kunst auskannten, ob sie eine Ahnung hätten, um welchen Rohentwurf einer weiblichen Skulptur es sich handeln und in welchem Museum in Rom er ausgestellt sein könnte. Doch von den Namen, die man ihr nannte, kam keiner in Frage, denn auch wenn sie ihn nicht richtig verstanden hatte, meinte sie, sich zumindest an den Klang des Namens zu erinnern.

Schließlich erschien ihr die einzige Möglichkeit, es herauszufinden, jenen Geschäftsmann anzurufen, der inzwischen wieder nach Rom zurückgekehrt war, nachdem er seinen Auftrag in Cagliari abgeschlossen hatte. Wieder spielte sie mit dem Gedanken, nach Rom zu reisen, eine Stadt, die ihr sehr gefiel, nur um ihn abermals zu verwerfen. Auf welch dumme Gedanken sie nur kam, einer blöder als der andere!

Dann – sie wusste selbst nicht, wie – war sie plötzlich in Besitz eines Flugtickets und stand vor einem gepackten Koffer. Seit einer Woche schon lag er geöffnet auf dem Bett, und jeden Tag hatte sie ein neu erworbenes Kleidungsstück hineingetan. Jedes Mal, wenn ihr Blick auf den Koffer fiel, plagte sie das schlechte Gewissen, da sie an all das hinausgeworfene Geld denken musste, und sie bemühte sich, gar nicht mehr hinzusehen. Doch wann immer sie einen Laden betrat, kam sie prompt mit einem neuen Stück wieder heraus: sei es ein Unterrock, ein Slip mit dazu passendem spitzenbesetzten BH, ein neues Paar Schuhe mit hohen Absätzen, ein Kleid, ein Jackett oder eine Handtasche.

Schließlich erschien ihr dieser offene, nicht fertig gepackte Koffer auf dem Bett wie das Sinnbild ihrer aberwitzigen Vorstellung von Glück, und mit einem Mal mochte sie ihn und er stimmte sie fröhlich, und doch juckte es sie auch in den Fingern, ihn auf den Boden zu werfen und mit Fußtritten zu traktieren.

Schließlich reiste sie tatsächlich nach Rom; um diese unvollendete Skulptur zu suchen, die ihr ähnelte, und ihn, der ihr das einzige Kompliment ihres Lebens gemacht hatte.

In Rom wurde sie von niemandem erwartet. Hier war es ja nicht weiter verwunderlich, doch auch in Cagliari stand nie jemand am Flughafen, um sie abzuholen, wenn sie von einer Reise zurückkehrte – einer Geschäftsreise, denn zum Vergnügen verreiste sie sonst nie. Sie war allseits beliebt, galt als gutmütig, um nicht zu sagen naiv, weil sie nie schlecht von einem Menschen dachte. Doch man übersah sie. Lud jemand sie ein und sie erschien aus irgendeinem Grund nicht, fragte man sie am nächsten Tag nie, warum sie nicht gekommen war. Auch in ihrer Familie war sie immer übersehen worden, und ebenso von den Männern.

Rom war wirklich wunderschön – mit dem schwachen Lüftchen, das in der Stadt wehte, seinen Rosa-, Violett- und Grüntönen am Abend, den unzähligen Kunstwerken, die einem den Atem raubten, und dem Plätschern der Springbrunnen. Den ganzen Tag lief sie durch die Stadt, doch nie konnte sie sich durchringen, zum Hörer zu greifen. Sie wohnte im Due Torri, dem Hotel, das auch ihre Firma für sie buchte, wenn sie geschäftlich in Rom war. Sie hatte nicht gewusst, dass es so teuer war, aber sie sagte sich: »Was soll's?« So konnte sie sich wenigstens vormachen, sie wäre wegen der Arbeit hier.

Und doch vertat sie ihre Zeit damit, ziellos durch die Stadt zu schlendern, um hier und da ein Museum zu betreten und jemanden von der Aufsicht zu fragen: »Entschuldigen Sie, können Sie mir sagen, ob hier diese unvollendete Skulptur von Michelangelo steht?« Oder: »… von Canova?«

Auch in den Kirchen suchte sie nach der Skulptur, die ihr ähnelte. Sie setzte sich in eine Bank und fürchtete insgeheim, sogar Gott könnte sie für dumm halten. Aber dann kam ihr die Bergpredigt Jesu in den Sinn, und sie lächelte still in sich hinein, während sie in Gedanken hinzufügte: »Und selig sind die Rohentwürfe, denn im Himmelreich werden sie vollendet sein.« Dann entzündete sie eine Kerze, sprach ein Gebet und war plötzlich wieder voller Zuversicht.

Mit einem Mal wurde ihr klar, dass sie eigentlich gar nichts von ihm wusste. Nur das wenige, was man von einem Geschäftspartner, der nur für kurze Zeit in der eigenen Firma zu tun hat, halt so weiß. Er war unverheiratet, hatte keine Kinder, war ungefähr in ihrem Alter und Römer – lebte schon immer in dieser Stadt – und kannte sich sehr gut mit Kunst aus. Und genau das machte sie schwindelig: der Gedanke, dass ein Kunstexperte auf ein unvollendetes Werk gestoßen war, das ihr auf so wundersame Weise glich.

Die Zeit verging – der nächste Tag sollte ihr letzter in Rom sein –, und sie hatte noch nicht einmal den Koffer ausgepackt. Nach wie vor trug sie dieselben Kleider wie bei ihrer Ankunft, nur Unterwäsche und Strümpfe hatte sie gewaschen und zum Trocknen über den Heizkörper gehängt. Und anders als früher, wenn sie geschäftlich im Due Torri wohnte und alles für sie bezahlt wurde, fand sie jetzt keinen Gefallen daran, die Toilettenartikel zu benutzen, die Seifen, Shampoos, Nähetuis und Frotteepantoffeln, oder sich ein Frühstück mit Cappuccino und Torte zu gönnen. Und da ihr selbst die kleinen Annehmlichkeiten eines Luxushotels kein Vergnügen mehr bereiteten, sie immer noch nicht die geringste Spur der unvollendeten Skulptur gefunden hatte und sich immer stärkere Gewissensbisse bemerkbar machten, weil sie so viel Geld zum Fenster hinauswarf, beschloss sie, unverrichteter Dinge wieder nach Hause zu fahren.

Es sei denn, sie rief ihn an; jetzt, auf der Stelle.

Inzwischen hatte das Wetter in Rom gewechselt. Es regnete. Aber ganz sanft, so wie es nur in Rom regnen konnte. Und bisweilen lugte unverhofft die

Sonne hinter einer Wolke hervor und warf ihr kräftiges Licht dahin und dorthin – aufs Wasser, auf ein Monument, eine Brücke oder die Fassade eines antiken Palastes.

Sie fand seine Privatnummer im Telefonbuch und wählte. Insgeheim hoffte sie, dass er nicht da war, dann konnte sie ihrem albernen Possenspiel ein für alle Mal ein Ende machen.

Doch er nahm ab. Immer wieder von einem Hustenanfall unterbrochen, versicherte er ihr, dass er sich sehr wohl an sie erinnere. Leider sei er gerade nicht in der Lage, zur Arbeit zu gehen, weil er sich eine schwere Bronchitis zugezogen habe. Hätte sie ihn im Büro erreicht, hätte er ihr bestimmt die Fragen beantworten und ihr bei dem Problem helfen können, wegen dem sie anrief. Unmöglich könne er das Haus verlassen, auch nicht auf einen Kaffee oder Aperitif, da er hohes Fieber habe. Er bringe nicht einmal die Kraft auf, sich in die Apotheke zu schleppen, um sich mit Arzneimitteln einzudecken, auch habe er niemanden, den er darum bitten könnte. Wie dumm von ihm, krank zu werden, schließlich wisse er ja, dass er es sich im Grunde nicht erlauben konnte.

Ihr schoss durch den Kopf, dass es ihr genauso

ging, dass sie jedes Mal ganz schön in der Klemme saß, wenn sie erkrankte, denn auch sie hatte niemanden, keine beste Freundin zum Beispiel, an die sie sich wenden konnte und die gern etwas für sie getan, sie umsorgt hätte, und es widerstrebte ihr, einen ihrer Bekannten zu bitten. Sie sagte ihm nicht, dass sie nicht geschäftlich in Rom war, sondern fragte ihn, welche Medikamente er benötige. Sie würde sie ihm vorbeibringen und vor seine Wohnungstür legen, da er ja nicht in der Lage sei, Besuch zu empfangen.

Ehe sie sich in eine Apotheke begab, zog sie eines der neuen Kleider an, die noch unausgepackt im Koffer lagen. Vom Due Torri aus gelangte sie in zehn Minuten zu seiner Wohnung auf der Piazza Farnese. Sie fühlte sich gleichzeitig traurig und heiter, wenn sie sich auch wegen seines hohen Fiebers sorgte.

Sie klingelte und sagte ihren Namen in die Sprechanlage. Eine große Holztür öffnete sich, und sie betrat eine prunkvolle Eingangshalle mit Deckenfresken. Sie nahm den schmiedeeisernen Fahrstuhl, um den sich eine weitläufige marmorne Treppe mit ebenfalls schmiedeeiserner Balustrade wand. Ihr kam in den Sinn, dass sie schon so oft in Rom gewesen war, ohne ein einziges Mal eines dieser prächtigen Wohnhäuser von innen zu sehen. Seine Wohnungstür war nur angelehnt, und er rief ihr zu, sie möge doch hereinkommen.

Eine alte, fadenscheinige Decke bis zum Kinn hochgezogen, lag er im Bett. Die abgestandene Luft im Zimmer war von Zigarettenrauch und Schweißgeruch getränkt. Sie kam näher, um ihn zu begrüßen, und als sie sah, wie schlecht es ihm ging, verspürte sie unwillkürlich den Drang, seine Stirn zu berühren. Sie war kochend heiß.

Er atmete schwer und musste, wenn er sprach, bei jedem Wort husten. »Ich weiß, dass ich eigentlich nicht krank werden darf«, jammerte er.

»Hier ist Ihre Medizin. Soll ich Ihnen vielleicht ein Glas Wasser bringen?«

Sie ging in die Küche. Es war eine dieser großen, alten Küchen mit schwarz-weißen Kacheln und einem hohen Fenster; dahinter ein Innenhof mit üppiger Blumen- und Pflanzenpracht, der wahrscheinlich von einem Gärtner gepflegt wurde. Sie wunderte sich über den Gegensatz zwischen seiner heruntergekommenen, um nicht zu sagen verwahrlosten Wohnung und dem prunkvollen Gebäude, in dem sie sich befand. Aus einem Berg schmutzigen und übel riechenden Geschirrs, der sicher seit einer Ewigkeit auf den Abwasch wartete, zog sie mit den Fingerspitzen ein Glas hervor, spülte es aus, füllte es mit Wasser und brachte es ihm. Dazu gab sie ihm die Medikamente und kehrte, nachdem er sie eingenommen hatte, in die Küche zurück, wo sie das Glas erneut wusch, ein Papiertaschentuch auf dem Küchentisch ausbreitete und es zum Trocknen daraufstellte.

Anschließend begab sie sich wieder in sein Zimmer, und da er ihr keinen Platz anbot, sagte sie: »Gut, dann gehe ich wieder. Ich ziehe die Tür hinter mir zu. Bleiben Sie um Gottes willen liegen.«

Er zog seine Hand unter der Decke hervor und reichte sie ihr. »Danke«, sagte er.

An der Tür wandte sie sich noch einmal um. Sie gab sich einen Ruck. »Darf ich Sie etwas fragen?«

Er nickte.

»Vor einiger Zeit, als Sie in unserer Firma in Cagliari zu tun hatten, habe ich gehört, wie Sie etwas sagten ... aber nicht dass Sie denken, ich hätte gelauscht ... und zwar über eine Skulptur, ein unvollendetes Kunstwerk eines großen Künstlers, das mir ähneln soll ... es steht wohl in einem Museum in Rom, und Sie gehen immer wieder hin, um es zu betrachten. Ich muss gestehen, da bin ich neugierig geworden, um welches Werk es sich handelt.«

Mit einem Mal schienen seine Lebensgeister zurückzukehren, und er setzte sich mühsam im Bett auf. Dann sagte er lächelnd: »Diese Skulptur befindet sich nicht in einem Museum, sondern hier, in meiner Wohnung. Um sie kaufen zu können, habe ich zahlreiche antike Möbel veräußert, wertvolle Familienerbstücke. Schauen Sie sie sich ruhig an. Sie ist in dem Zimmer am hinteren Ende des Flurs. Es gibt nur diese eine Skulptur. Sie ist von Modigliani, aus seiner Zeit als Bildhauer. Damals fertigte er archaisch wirkende Steinskulpturen an, Abbildungen von zartgliedrigen, nahezu körperlosen Frauen mit nur vage angedeuteten Gesichtszügen. Die meisten davon unvollendet. Diese Phase dauerte nicht lange, bald wandte er sich wieder der Malerei zu. Doch für mich ist dieser nur grob behauene Stein ein Meisterwerk. Ich frage mich, auf welch verborgenen Pfaden er zu mir gelangt ist. Wie im Übrigen auch Sie, nicht wahr?«

ÜBER DAS SCHREIBEN

Häufig werde ich nach meinen »Erfahrungen als junge Schriftstellerin« gefragt. Dann muss ich sofort klarstellen, dass es sich um ein Missverständnis handelt: Ich bin weder jung, noch halte ich mich für eine Schriftstellerin.

Eines stimmt jedoch: Zu schreiben ist für mich ein Grundbedürfnis, und ich kann die Welt nur mit den Augen des jungen Menschen betrachten, der ich einmal war.

Für mich gibt es die wahren Schriftsteller und jene, die schreiben. Sich »Schriftsteller« nennen zu können ist eine Auszeichnung, die man sich erst verdienen muss. Schließlich ist jemand, der zwei-, dreimal ein gutes Abendessen gekocht hat, nicht unbedingt Koch von Beruf, und so genügt es auch nicht, zwei oder drei Bücher geschrieben zu haben, um ein Schriftsteller zu sein. Daher begreife ich mich als »eine, die schreibt«; die Bezeichnung »Schriftstellerin« macht mir Angst, und bislang habe ich sie für mich zurückgewiesen.

Und dennoch war es von Kindesbeinen an mein Traum, Schriftstellerin zu werden. Mehr noch, ich träumte davon, einmal eine »große Schriftstellerin« zu sein. Die Vorstellung, die Leser in Staunen zu versetzen, gefiel mir. Es wäre mir auch recht gewesen, wenn ich mich auf anderem Gebiet hervorgetan hätte: aus dem Stegreif eine Opernarie in Sopranstimme zu singen, mehrere Fremdsprachen zu beherrschen, mit der Geige die *Ungarischen Tänze* von Brahms zu spielen oder aber Kapitän auf einem Segelschiff zu sein. Kurz und gut, ich hätte jede Fertigkeit willkommen geheißen, die dazu angetan gewesen wäre, meiner Familie zu zeigen, dass sie sich in mir irrte. Tatsächlich hielten sie mir eine Reihe von Dingen vor, die zu tun ich angeblich nicht in der Lage war, da ich seit frühester Kindheit an einer »motorischen Störung« litt. Und auch heute noch begleitet mich das damalige Gefühl, dass ich, egal was ich tue, nicht geeignet dafür bin. Ich unterrichte Italienisch und Geschichte an einer Fachoberschule, und oft gehe ich niedergeschlagen nach Hause, weil mir scheint, dass ich im Unterricht versagt und nicht die gewünschte Leistung erbracht habe, kurz und gut, dass ich den Schülern keine wirkliche Hilfe bin, und dafür verachte ich mich.

Beim Schreiben hingegen habe ich nicht mit solchen Problemen zu kämpfen. Ich schreibe aus reiner Freude an der Sache und im Verborgenen; wobei ich immer Gewissensbisse habe, dass ich der Wirklichkeit Zeit stehle. Wenn ich jenes Kribbeln verspüre und das Gefühl habe, unbedingt schreiben zu müssen, und jemand möchte etwas mit mir unternehmen, hüte ich mich zu sagen, wie es ist; stattdessen bringe ich alle möglichen Entschuldigungen vor: Wäschestapel, die gebügelt, Hausaufgaben, die korrigiert werden müssen, und derlei Verpflichtungen mehr.

Im Übrigen habe ich festgestellt, dass das Schreiben, im Gegensatz zur Musik, den Fremdsprachen, der Schule und anderen Beschäftigungen, eine erlösende Wirkung hat, und zwar auf eine ganz besondere Weise. Zum Beispiel kann ich einen Menschen, der in Wirklichkeit von niemandem geliebt wird, in eine Romanfigur verwandeln, die die große Liebe erfährt. Daher schreibe ich über ungeliebte und unglückliche Menschen, in der Hoffnung, dass sie wenigstens bei den Lesern Glück haben werden; in der wunderbaren Welt der Einbildungskraft.

Aber meine Romane haben nicht nur mit Phantasie zu tun. Das, was ich erzähle, ist teilweise wahr und teilweise erfunden, und die beiden Welten vermischen sich so sehr, dass selbst ich hinterher nicht mehr sagen kann, was ich erfunden habe und was sich tatsächlich ereignet hat. Manchmal ertappe ich mich dabei, wie ich Eigenschaften meiner Romanfiguren realen Menschen zuordne und beginne, sie wie Figuren zu betrachten, oder umgekehrt. Ich fühle mich ein wenig wie eine Seiltänzerin – ständig in Gefahr, die Balance zu verlieren. Oder wie jemand, der sich zwanghaft immer dieselben Beschwörungsformeln vorsagt, in der Art von: »Wenn ich es schaffe, bis zum Ende auf dieser Reihe Pflastersteine zu gehen, dann ...«

Aber das ist nicht der einzige Grund, weshalb ich gern schreibe. Zu schreiben ist für mich, als zöge ich einen Schutzbau hinter mir her. Wenn ich mich in einer unangenehmen Situation oder an einem unbehaglichen Ort befinde und kurz vor einer Panikattacke stehe, rufe ich mir in Erinnerung, dass ich jederzeit mein Notizheft hervorholen kann, um mich in die Geborgenheit meines Schutzbaus zurückziehen.

Ich schreibe, seit ich denken kann. Bis zu einem gewissen Zeitpunkt waren es Liebesgeschichten voller Herzschmerz. Damals gefielen sie mir, sie machten mir große Freude, und ich fühlte mich wohl mit ihnen. Heute wird mir übel, wenn ich sie lese. Trotzdem stehe ich zu diesen Geschichten, denn in der Zeit, als ich sie zu Papier brachte, taten sie mir gut. Auch heute schreibe ich noch über die Liebe. Aber im Gegensatz zu früher triefen meine Geschichten nicht mehr vor Honig, sondern vor Ironie.

Zuerst gelang es mir nur im wahren Leben, ironisch zu sein. In der Schule beispielsweise war es für mich nicht wichtig, gute Noten zu bekommen, sondern meine Klassenkameraden zum Lachen zu bringen. Dagegen waren meine Geschichten traurig, und ich schaffte es nicht, das Leben in all seinen Facetten einzufangen, mit all seinem Elend, aber auch mit all seinen komischen Seiten. Seit einigen Jahren gelingt es mir, und darauf bin ich stolz. Wenn ein Leser mir sagt, er habe geweint, als er eine meiner Geschichten las, macht mich das glücklich. Denn genau so ist das Leben für mich, elend und wunderbar. Es ist eine Erfüllung, das auszudrücken, was man fühlt.

Bis vor kurzem schrieb ich nur für mich. Um zu fliehen, aber auch um die Menschen und ihre Empfindungen vor dem Tod und der Vergessenheit zu bewahren. Und ich schrieb für diejenigen, die ich liebe. Hatte ich im Gespräch oft das Gefühl, mich nicht richtig verständlich machen zu können, spürte ich, dass es mir durch meine Figuren gelang. Ich schenkte meinen Liebsten Geschichten und konnte so Dinge sagen, die mir in einer Unterhaltung nie über die Lippen gekommen wären.

Seit meine Geschichten nicht mehr honigsüß, sondern tragikomisch sind, habe ich jedoch bemerkt, dass die Menschen, die mich lieben, anfingen, in meinen Manuskripten nach Spuren meines realen Lebens zu suchen und sich Sorgen um mich zu machen. Also gebe ich niemandem mehr etwas zu lesen, ehe es nicht in Buchform erschienen ist. Vom Schreiben bis zur Veröffentlichung eines Romans vergeht viel Zeit, und bis dahin ist auch die Gefahr gebannt, dass ich mich vom Balkon oder in einen Brunnen stürzen könnte, so wie einige meiner Figuren es tun …

Zuerst schrieb ich Erzählungen, jetzt sind es Romane. Sie sind immer recht kurz, weil ich es nicht erwarten kann, zum Ende zu kommen. Ich schreibe, wie ich esse: Ich schlinge alles herunter, um dann zu bereuen, einen leeren Teller vor mir zu haben. Ebenso geht es mir mit den Vorräten im

Kühlschrank. Es gelingt mir einfach nicht, geduldig zu sein. Dabei täte ich nichts lieber, als mit viel Geduld einen langen Roman zu schreiben.

Was die Veröffentlichung meiner Bücher betrifft, so las ich eines Tages in der Zeitung einen Artikel über einen Verlag, der mich auf Anhieb faszinierte: Nottetempo. Darin hieß es, dass dort Bücher erscheinen, die man in einer einzigen Nacht auslesen kann. Kleinformatige, leichte Bücher mit großen Buchstaben, bei denen man nicht erst die Lesebrille suchen muss und die man getrost im Bett liegen lassen kann, ohne dass sie einen beim Schlafen stören. Tiefgründige Bücher zwar, aber zugleich leicht und luftig. Also kaufte ich einige dieser Werke und las sie. Ich selbst hatte einen kleinen Roman in der Schublade, *Solange der Haifisch schläft,* und beschloss, dem Verlag das Manuskript zu schicken. Einige Monate später rief mich eine Dame an und sagte, sie sei Ginevra Bompiani und sie wollten meinen Roman veröffentlichen. Zuerst dachte ich, jemand erlaube sich einen Scherz mit mir, und antwortete, sie solle mit dem Unsinn aufhören, ich fände das gar nicht lustig, sondern ziemlich gemein. Doch diese Frau war tatsächlich Ginevra Bompiani, die Verlegerin.

Seither ist sie mein guter Engel. Und so kam es: *Solange der Haifisch schläft* gefiel den Lesern und später dann *Die Frau im Mond* noch viel mehr. Im Ausland fanden sich ebenfalls Verlage, die meine Bücher herausbrachten, und zwar mit Erfolg.

Was den Erfolg angeht, so gefällt mir daran, dass meine Bücher die Leser berühren und unterhalten und dass meine Liebsten sagen: »Na ja, du kannst zwar sonst nichts, aber die Geschichte, die du geschrieben hast, ist wirklich schön.« Auch freut mich, dass die Verlage es nicht bereuen müssen, an mich geglaubt zu haben. Ja, am Anfang dachte ich sogar, bei diesen Verlegern müsse, da sie in meine Bücher investierten, auf jeden Fall eine Schraube locker sein.

Was mir am Erfolg nicht gefällt, sind die damit verbundenen Reisen und die Notwendigkeit, vor Publikum aufzutreten und mich fotografieren und interviewen zu lassen. Hinterher empfinde ich Ekel vor mir selbst und gehe mit gesenktem Kopf an sämtlichen Spiegeln vorbei, um mich ja nicht ansehen zu müssen.

Dennoch bin ich denjenigen dankbar, die mir so viel Beachtung schenken, Fragen stellen und Fotos von mir machen. Ich mag diese Menschen, auch wenn ich mich bei solchen Gelegenheiten am liebsten mit meinem Notizbuch aus dem Staub machen würde, um endlich wieder schreiben und Zuflucht in meinem Schutzbau suchen zu können; in der wunderbaren Welt der Einbildungskraft.

Der Erfolg selbst bedeutet mir nichts. Und auch das viele Geld ist mir gleich. Zu reisen ist für mich eine Bürde, an fremden Orten bekomme ich Angst und schreckliches Heimweh. Teure Kleidung finde ich lächerlich. Autos und Jachten zu besitzen ist in meinen Augen geradezu kriminell, wenn man bedenkt, in welchem Zustand sich unsere Welt befindet. Viele der Dinge, die man kaufen kann, sind für mich überflüssiger Schnickschnack.

Doch das Geld, das mir über den Verkauf meiner Bücher zufließt, ist eine überschaubare Summe und mit jener Magie behaftet, die unerwartete Geschenke mit sich bringen. Wenn ein Scheck ins Haus flattert, ist es ein wenig wie an Weihnachten. Es ist kein Geld, das man sich sauer verdient hat, wie etwa das Gehalt, das man für seine Arbeit bekommt, sondern ein Geschenk. Ein angemessenes Geschenk.

Durch die Veröffentlichung meiner Bücher ergaben sich auch immer wieder Gelegenheiten, andere sardische Autoren kennenzulernen. Darunter drei, die ich zuvor schon bewundert hatte: Luciano Marrocu, Salvatore Niffoi und Flavio Soriga. Ich war glücklich, ihre Bekanntschaft zu machen, und es erging mir ein wenig wie dem jungen Holden in Salingers Roman *Der Fänger im Roggen*:

»Was mich richtig umhaut, sind Bücher, bei denen man sich wünscht, wenn man es ganz ausgelesen hat, der Autor, der es geschrieben hat, wäre irrsinnig mit einem befreundet und man könnte ihn jederzeit, wenn man Lust hat, anrufen.«

Als ich Niffoi begegnete, hatte ich bereits all seine Romane gelesen. Auch wenn ich Angst hatte, mich mit meiner Frage lächerlich zu machen, wollte ich von ihm wissen, ob sich all diese schrecklichen Geschichten so oder so ähnlich in der Gegend abspielten, aus der er stammt, das heißt, ob sie, um mit Alessandro Manzoni zu sprechen, »wahrhaftig« sind. Können sich Geschehnisse, wie er sie in seinem Buch *Cristolu* beschreibt, tatsächlich in Wirklichkeit ereignen? Er bejahte meine Frage. Die Geschichte dieses Romans war ihm zu Ohren gekommen, als er fünf war, und sie hatte ihn so beeindruckt, dass sie sich ihm ins Gedächtnis einbrannte. Da fragte ich ihn, wo er die beiden furchtbaren Nonnen aus *Ritorno a Baraule* ausgegraben habe und ob es auch sie in Wirklichkeit gebe, und das bejahte er ebenfalls.

Allmählich wurde mir klar, dass es Unsinn wäre, Autoren wie der Deledda, Niffoi und der Giacobbe vorzuwerfen, die gängigen Klischees über Sardinien zu verbreiten: das Sardinien der Vendetta, der Fehden, der Morde, der Banditen und derlei mehr. Das Sardinien ihrer Romane hat nichts mit Klischees zu tun; es ist ihr Sardinien, ihre Welt, über die sie schreiben oder geschrieben haben. Wir anderen Autoren, die wir über *unser* Sardinien, das des Meeres und des Windes, und über seine Bewohner schreiben, die, von südländischer Heiterkeit geprägt, dem Leben auch eine komische Seite abgewinnen, wir können ihre Welt nicht verstehen, die, wenn auch nur einen Steinwurf entfernt, so weit weg von der unseren ist. Wenn ihre Geschichten sich bei uns abspielen würden, dann wären sie künstlich, so wie es Giulio Angioni in seinem meisterhaften Roman *Assandira* intuitiv erfasste.

Eine Frage, die wir alle uns immer wieder stellen, ist, ob der Umstand, in Sardinien zu wohnen und Sarde zu sein, unserem Schreiben einen besonderen Charakter verleiht. In meinen Augen ist das so. Es ist die Abgeschiedenheit, die unser Schreiben bestimmt. Das Meer, das uns vom Festland trennt. Außerdem die Schönheit Sardiniens und die Tatsache, dass sich die Insel trotz der grauenhaften Touristendörfer und des sommerlichen Massenandrangs ihre Wildheit und Rätselhaftigkeit bewahrt hat. Etwas, was sich in unserem Schreiben widerspiegelt, sowohl in dem der Schriftsteller des Inselinneren – von Grazia Deledda bis Salvatore Niffoi – als auch in dem der Schriftsteller der Küste mit all dem Wind, dem Licht und dem unendlichen Meer.

Vergleiche anzustellen und dann zu behaupten, nur die einen würden das wahre Sardinien beschreiben, wäre ein müßiges Unterfangen. Ich habe begriffen, dass jede der beiden literarischen Welten wahrhaftig und in der Gegensätzlichkeit ihrer Kultur und ihrer tradierten Normen gleichermaßen faszinierend ist, wenn es dem jeweiligen Schriftsteller gelingt, ihren tief verwurzelten Sinn zu erfassen.

Trotz aller Unterschiede sind wir in unserem

Schreiben vereint durch die Abgeschiedenheit der Insel, des Sardiniens der Höhlen und Grotten. Des Sardiniens, nach dem man eine glühende Sehnsucht verspürt und zu dem man, wenn man einmal woanders ist, unbedingt wieder zurückwill.

ÜBER DIE LEIDENSCHAFT

Oft schon habe ich mich gefragt, ob ein Italienischlehrer, der eine Leidenschaft fürs Schreiben hegt, für seine Schüler einen Vorteil bedeutet. Und jedes Mal lautete die Antwort: Nein. Ein solcher Lehrer kann Sprache und Literatur nicht besser als andere unterrichten und ist auch nicht geeigneter für diesen Beruf.

Der einzige Nutzen, den die Schüler aus einem schreibenden Lehrer ziehen können, ist, dass sie täglich ein lebendes Beispiel einer großen Leidenschaft vor Augen haben. Die Voraussetzung für eine große Leidenschaft ist, sich von den Übeln unserer Zeit fernzuhalten, vor allem von der Jagd nach Erfolg und Geld. Freilich sind das menschliche Wünsche, aber sobald man ihnen frönt, ist es mit der Leidenschaft nicht mehr weit her. Nur wenn sie wirklich ausgeprägt ist, kann sie einen vor der gefährlichen Leere bewahren, die uns im heutigen Leben unentwegt auflauert, vor allem den Jugendlichen.

Tatsächlich wächst eine Veranlagung am ehesten im Verborgenen heran und erfordert, auch wenn die landläufige Meinung das Gegenteil behauptet, keine öffentliche Anerkennung. Sie muss auch nicht unmittelbar Früchte tragen: Man kultiviert eine Leidenschaft aus Spaß an der Sache.

Häufig glauben die Eltern, die Begabung ihrer Kinder sei der Schule abträglich, und geben den Jugendlichen nicht genügend Zeit und die Freiheit, sie auszuleben: »Wenn du nicht lernst, aber angeblich eine so große Begabung hast, dann zeig mal, dass du es wenigstens darin zu etwas bringst, ansonsten ist Schluss damit, und du ergreifst einen normalen Beruf wie alle anderen auch.«

In meinen Augen eine traurige und demütigende Botschaft. Auf den ersten Blick scheint sie eine Haltung auszudrücken, die von großer Klugheit zeugt, doch auf lange Sicht erweist sie sich als engstirnig und schädlich für die Entwicklung eines Jugendlichen und bewahrt ihn keinesfalls vor den Fallstricken des Lebens.

Vor kurzem habe ich ein Buch des französischen Schriftstellers Jean-François Robin mit dem Titel: *La disgrâce de Johann-Sebastien Bach* (»Johann Sebastian Bach in Ungnade«) gelesen, das mir sehr gefallen hat. Es erzählt von der Zeit, die der große

Musiker im Gefängnis verbringen musste, ohne dass man ihm in seiner Zelle ein Instrument gestattete. Der Autor porträtiert einen Mann, der dem materiellen und ideellen Erfolg keine Träne nachweint, sondern nur den brennenden Wunsch verspürt, endlich wieder musizieren zu können. Und was macht Johann Sebastian Bach in dieser Situation? Mit einem Stück Kohle aus dem Kamin zeichnet er eine Klaviatur auf den Boden und spielt lautlos mit den Fingern darauf, begleitet sich damit beim Singen. Von morgens bis abends tut er nichts anderes.

Ähnlich ergeht es Władysław Szpilman im Kinofilm *Der Pianist*. Er hat seit Beginn des Krieges kein Klavier mehr angerührt, doch als der deutsche Offizier ihm befielt, ein Stück zum Besten zu geben, spüren wir, es ist für ihn nicht ausschlaggebend, dass seine Darbietung womöglich über Leben und Tod entscheidet; ausschlaggebend ist seine Freude, noch einmal Klavier spielen zu können.

In viel kleinerem, unbedeutenderem Maß ist dies auch meine Erfahrung.

Es ist noch nicht häufig vorgekommen, dass ich Schüler unterrichtete, die sich durch eine große Leidenschaft auszeichnen. Doch sobald ich eine Begabung zu erkennen meine, verspüre ich eine große Erleichterung und ein Vertrauen in die Zukunft des jungen Menschen, wenn auch bestimmt nicht in der Art von: »Aus dem wird mal was!«, sondern im Sinne von: »Der wird sich schon irgendwie durchs Leben schlagen.«

Größtenteils jedoch verlieren sich die Kinder und Jugendlichen in der Gleichförmigkeit kleinerer Leidenschaften, oder sie interessieren sich ohnehin nur für materielle Dinge.

Ein Lehrer mit einer großen Leidenschaft kann nur eines tun: Von ihr sprechen und versuchen, die Wirkung dieser Leidenschaft vorzuleben und den Schülern klarzumachen, inwiefern sie einen vor dem Gefühl der Leere gerettet hat, welches das Leben eines Menschen stets gefährdet.

Auch wenn die Leidenschaft dadurch in niemandem entsteht, in dem sie nicht bereits angelegt ist, hilft das den Schülern wenigstens, sie zu erkennen, wenn sie sich bemerkbar macht. Dadurch können sie das Augenmerk auf die wirklich wichtigen Dinge richten statt auf die kläglichen. Für mich ist dies der einzige Weg des Überlebens, der einzige Weg für den Menschen der Zukunft.

DIE DIMENSION DER STILLE

Nachwort von Maike Albath

Es ist warm in Cagliari, mitten im Winter liegt ein Hauch von Spätsommer in der Luft. Himmel und Meer haben eine tiefe blaue Farbe. »Mistralblau« nennt Milena Agus diese Farbe, die es nur hier gibt und sonst nirgends. Die Schriftstellerin erklärt uns die Eigenarten ihrer Heimatstadt und führt uns auf den Balkon: »Cagliari besteht aus lauter Kontrasten. Das gefällt mir. In den schmalen Gassen sieht man kaum ein Stück Himmel, aber dann öffnen sich plötzlich große Plätze mit einem überwältigenden Blick auf das Meer.«

Obwohl sie als Tochter eines sardischen Marinesoldaten in Genua geboren wurde und erst mit elf Jahren vom »Kontinent«, wie Italien hier genannt wird, auf die Insel zurückkehrte, ist Agus tief in Sardinien verwurzelt. Das Heimweh ihrer Eltern nach der rauen, ursprünglichen Landschaft mit den felsigen Küsten, den wuchtigen Bergen und dem ewigen Wind war die Kantilene ihrer Kindheit.

»Auf Sardinien gibt es immer eine Dimension

der Stille. Jetzt im Winter kann man stundenlange Spaziergänge am Meer machen oder sechzig Kilometer mit dem Auto fahren, ohne eine Menschenseele zu treffen.« Wir sind in der Wohnung ihrer Mutter zu Gast, weil Milena Agus am Wochenende keine Pflegekräfte für die alte Dame hat. Ihre Tochter freue sich nicht genügend über den internationalen Erfolg, meint die 82-jährige Signora, präsentiert uns eine Serie von Familienfotos, serviert Granatäpfel und lauscht neugierig dem Gespräch. Milena Agus, deren schmale Romane auf den italienischen, französischen, spanischen und deutschen Bestsellerlisten landen, weiß nicht, was ihre Mutter damit meint. »Erfolg kommt und geht. Wenn über mich etwas in der Zeitung steht, habe ich immer das Gefühl, dass das nichts mit mir zu tun hat. Ich verbringe meine Tage mit denselben Menschen wie vorher, habe meine Verpflichtungen«, sagt sie mit entwaffnender Offenheit. Mit ihrer zierlichen Gestalt, den dunklen Haaren, den lebhaften Gesten und ihren neugierigen Augen strahlt Milena Agus etwas Mädchenhaftes aus. Man kann kaum glauben, dass sie über fünfzig Jahre alt ist, und läuft Gefahr, sie zu unterschätzen.

Sie hat einen Sohn großgezogen, der mittlerweile als Jazzpianist in Paris lebt, und arbeitet seit Jahrzehnten als Lehrerin. Tag für Tag hält sie Heerscharen von renitenten Berufsschülern in Schach und bemüht sich, ihnen ein paar Grundlagen in Geschichte und Italienisch zu vermitteln. »Geschrieben habe ich schon immer. Es ist so etwas wie ein Schutzraum. Auf dem Papier kann ich mich austoben. Ohne die Sphäre der Phantasie fühle ich mich elend und komme im Alltag gar nicht zurecht«, berichtet sie. 2004 las Agus in der Zeitung von einem neuen Verlag namens Nottetempo, der sich auf in einer Nacht zu bewältigende Kurzromane spezialisiert hat, steckte eines ihrer Manuskripte in einen Briefumschlag und vergaß die ganze Angelegenheit wieder. Als die Verlegerin Ginevra Bompiani sich einige Monate später bei ihr meldete, glaubte sie zuerst an einen Telefonscherz: »Nun sagen Sie doch endlich, wer Sie sind, ich habe für solche Dummheiten keine Zeit«, entgegnete sie auf das Publikationsangebot etwas brüsk. Ihr lakonisches Debüt *Solange der Haifisch schläft* über die Nöte eines heranwachsenden Mädchens stieß vor allem unter jungen Lesern auf Begeisterung. Mit ihrem zweiten Roman *Die Frau im Mond*, der 2006 erschien und von den Liebesabenteuern einer Großmutter erzählt, kam über Frankreich auch in Italien der große Durchbruch.

»Ich bin weder emotional noch finanziell abhängig von dem Erfolg meiner Bücher«, meint Agus schulterzuckend. »Heute bekomme ich viel Beifall, morgen beachtet mich vielleicht niemand mehr. Weil es mich nicht kümmert, laufe ich auch nicht Gefahr, enttäuscht zu werden.« Agus' Haltung scheint sich auch auf ihre Figuren niederzuschlagen, die sich inmitten festgelegter Lebensmuster eine innere Freiheit erkämpfen.

Die Flügel meines Vaters heißt ihr dritter Roman, und wie in ihren ersten beiden Büchern werden uns die Geschehnisse aus der Perspektive einer Halbwüchsigen dargeboten. Es ist das Geheimnis ihres Erfolgs. »Das ist mein eigener Blickwinkel«, erläutert Agus, »meine Betrachtungsweise der Welt hat sich trotz meines Alters nie gewandelt. Außerdem bietet mir dieser Standpunkt viele Möglichkeiten. Eine vierzehnjährige Ich-Erzählerin kann sich alles erlauben. Sie nimmt Dinge um sich herum wahr, ohne sie zu verstehen. Es gibt keine moralischen Vorbehalte. Sie entwickelt völlig verrückte Ideen.« Die vorwitzige Heldin lebt mit ihrer gemütskranken Mutter, zwei jüngeren Geschwistern und dem anarchistischen Großvater auf dem Land und tröstet sich über die Abwesenheit des Vaters mit einem Hirngespinst hinweg: Als eines Tages der Wind durchs Fenster unter die Bettlaken fährt, fühlt sie sich von den Flügeln ihres Vaters getragen. Großes Vorbild für die Ich-Erzählerin ist eine Nachbarin, die wegen ihrer Liebe zu Frankreich von allen »Madame« genannt wird. Madame betreibt ein verwittertes kleines Hotel mit Zugang zum Meer und weigert sich standhaft, ihr Land an Investoren zu verkaufen. »Madame ist eine außergewöhnliche Frau, aber sie weiß es nicht. Im Laufe des Romans lernt sie nach und nach, zu sich zu stehen«, zeichnet Milena Agus den Reifeprozess ihrer Heldin nach. Unsicherheit, tiefe Ängste und die Neigung zur Unterwerfung sind typische Beigaben der Frauenfiguren von Milena Agus; ihr Gleichgewicht ist meistens prekär. Nach unzähligen demütigenden Erfahrungen stößt Madame schließlich auf einen Mann, der sie zu ihrer eigenen Verblüffung für das liebt, was sie ist.

Ähnlich ergeht es auch der lebensmüden Protagonistin in der Geschichte »Der Nachbar«. Dass sie körperlich anziehend wirkt und eine erotische Ausstrahlung besitzt, ist ihr nicht bewusst. Sie wird von einer tiefen Kontaktlosigkeit beherrscht. Wie ein Vergrößerungsglas verstärkt das stumme Kind diese Empfindung. Erst als ihr Nachbar auf nassforsche Weise ihre Isolation durchbricht und ihr auch noch seinen schwierigen Sohn zumutet, überwindet sie diesen Zustand. So wie viele Gestalten, die Milena Agus erfindet, wird sie von einem Reifeschub ergriffen und erkennt, dass Versehrtheit zum Leben dazugehört.

»Die Angelegenheiten zwischen Frauen und Männern sind immer kompliziert«, meint Agus und wirkt auf komische Weise verzweifelt, »vielleicht habe ich in *Die Flügel meines Vaters* und ›Der Nachbar‹ eine schöne Wendung erfunden, um mir etwas Gutes zu tun. Ich kann damit indirekt auf meine eigene Wirklichkeit einwirken.«

Immer wieder geht es in ihren Romanen und Erzählungen um die Eigenständigkeit weiblicher Lebensentwürfe, die häufig auf ungewöhnliche Weise erreicht wird. Oft hängt es, wie in »Das unvollendete Kunstwerk«, mit der Überwindung von eingeübten Verhaltensweisen zusammen – in dem Moment, in dem ihre Heldinnen äußere Zuschreibungen durchbrechen, gewinnen sie Autonomie und überraschen sich selbst. In *Die Flügel meines*

Vaters entwickelt die Autorin sogar eine kleine soziale Utopie. Durch ihre unkonventionelle Art befreit Madame eine ganze Familie vom Joch des Konformismus.

Es sind die stilisierte Naivität und die kunstvolle Schlichtheit, die den Charme von Agus' Geschichten ausmachen. Ihre Vorliebe für die sardische Nobelpreisträgerin Grazia Deledda schlägt sich auf ihre Figurenzeichnung nieder und ist im italienischen Original bis in den Satzrhythmus spürbar. Agus' extrem zugängliche Erzählform macht es auch ungeübten Lesern leicht, sich auf ihre Geschichten einzulassen. Der intellektuelle Aufwand bleibt gering, das Tröstungspotenzial ist gleichwohl hoch. Inspiration bezieht die Autorin auch aus ihrer eigenen Biographie.

Aber so ungescheut Agus in ihren Büchern von seelischen Abgründen erzählt, so vorsichtig ist sie im wirklichen Leben. Sie zeigt uns eine Ausgabe ihres Romans *Die Frau im Mond*. Die Großmutter der Heldin geht einen Pakt mit ihrem Mann ein, lässt sich von ihm sämtliche Sexualpraktiken erklären, die er aus dem Bordell kennt, und investiert das gesparte Geld in den Kauf eines Hauses. Als wir das Buch aufschlagen, wimmelt es von lauter weißen Stellen: Alle allzu freizügigen Passagen sind mit Klebeband verdeckt. Wir halten das für ihre Mutter zensierte Exemplar in den Händen. Ob sie sich an die Vorgaben ihrer Tochter gehalten hat? Die alte Dame lächelt still in sich hinein.

QUELLENNACHWEIS

Das Zitat auf S. 70 ist entnommen aus: J. D. Salinger, *Der Fänger im Roggen*, Reinbek bei Hamburg, 7. Auflage 2007, S. 31. Deutsch von Eike Schönfeld

Das Nachwort von Maike Albath basiert auf einem Text, der am 28. 1. 2009 in der *Neuen Zürcher Zeitung* erschien.

Milena Agus im dtv

»Agus meißelt ihrer Heimat in klaren Sätzen ein Denkmal. Unverzichtbar für alle, die demnächst in den Süden aufbrechen.«
Literarische Welt

Die Frau im Mond
Roman
Übers. v. Monika Köpfer
ISBN 978-3-423-**13736**-2 und
ISBN 978-3-423-**25337**-6
(dtv großdruck)
Die Geschichte einer sardischen Großmutter, die als junges Mädchen so von der Sehnsucht erfüllt war, die große Liebe zu erfahren, dass sie mit ihren anzüglichen Liebesbriefen sämtliche Verehrer vertrieb.

Solange der Haifisch schläft
Roman
Übers. v. Annette Kopetzki
ISBN 978-3-423-**13774**-4
Jeder der Mendozas sucht etwas: Mama die Schönheit, Papa Südamerika, der Bruder die Perfektion, die Tante einen Verlobten und die Tochter die Erlösung in den brutalen Armen eines verheirateten Mannes.

Die Flügel meines Vaters
Roman
Übers. v. Monika Köpfer
ISBN 978-3-423-**13912**-0
Ihre Nachbarn an der sardischen Küste nennen sie »Madame«, weil sie alles Französische so liebt und davon träumt, einmal nach Paris zu reisen. Doch Madame ist zufrieden mit ihrem bescheidenen Leben – wenn nur der ständige Liebeskummer nicht wäre …

Die Gräfin der Lüfte
Roman
Übers. v. Monika Köpfer
ISBN 978-3-423-**14027**-0
Ein heruntergekommener Palazzo in Cagliari und drei Schwestern aus verarmtem Adel auf der Suche nach dem Glück. »Nur wenige Bücher treffen so ins Herz wie dieses.« (Elle)

Die Welt auf dem Kopf
Roman
Übers. v. Monika Köpfer
Hardcover
ISBN 978-3-423-**28013**-6
Liebe, Sehnsucht, alltägliche Intrigen in einem Palazzo am Meer. Eine Geschichte, in der nichts so ist, wie es scheint und nichts so ist, wie es sein sollte.